내가 좋아하는 사람이 나를 좋아하는

사□계절

이필원 글 ∘ 예란 그림

왜 그렇게 부반장을 좋아하느냐고 누가 묻는다면 어쩌다 보니 그 애의 친절을 발견했고 그 소소한 발견 덕분에 사랑에 눈을 번쩍 떴다고 말할 것이다. 배에 아주 힘을 주고서는 친절한 부반장을 좋아해, 아이 라이크 부반장, 하고 외칠 자신이 있다. 머릿속에서는 이미 몇 번이나 교실 맨 앞에 나가 칠판을 등지고 선 채 소리쳤다. 부반장을 좋아한다고, 그 애도 나를 좋아했으면 좋겠다고.

같은 교실, 같은 담임선생과 친구들 그리고 급훈 따위를 공유하는 우리는 사실 친한 사이라고 할 수 없었다. 서로 노는 무리가 달랐으므로 얘기를 나눈 적도 드물었다. 친해질 기회가 아예 없었다고나 할까.

  말하자면 우리는 접점이 생길 리 없는 나란한 일직선들이었다. 개별적인 선으로서 각자 다른 방향으로 나아가고 있었다. 그랬는데, 어느 날 교실 밖에서 그 애가 방향을 틀어 나의 시야에 들어온 거다.

  그 정겨운 애를 포착하자마자 나는 부반장이 가진 다정함이 이 세상의 것이 아니라는 걸 깨달았다. 바로 알 수 있었다. 다정도 병이 될 수 있는 학교에서 그 애는 자신이 가진 정을 아낌없이 나누고 있었다. 그것도 누군가의 손에 꺾인 국화과의 한해살이풀에게 말이다.

그러니까 평소보다 조금 늦게 교실을 나온 날이었다. 수학 과외를 하는 날이라 서둘러야 했지만 어느 순간 걸음을 멈추고 말았다. 누군가 담벼락에 쪼그려 앉아서 흙을 토닥이고 있었는데 아기를 재우기라도 하는 것처럼 조심스러워 보였다. 설마 애들 다 보는 데서 흙 장난이라도 치는 건가. 나는 안경을 추켜올리며 낯익은 그 아이를 한눈에 알아보았다.

부반장이었다. 밝은 밤색 머리카락 때문에 종종 염색했다고 오해받곤 하는 아이. 키가 커서 체육 시간마다 맨 뒤에 서야 하는 아이. 달리기를 잘하지만 뜀틀만은 한 번도 넘지 못해서 체육 수행평가 일부를 망친 아이. 말수가 적은 편이고 가끔 우스운 농담에 다 같이 도미노 넘어가듯 웃어도 저 혼자 잇몸이 살짝 보일 정도로만 미소 짓고 마는 조용한 아이.

재는 저기서 혼자 뭘 하는 거지, 생각하면서 나도 모르게 이끌리듯 다가간 건 어쩌면 운명이었을까. 나는 가까이 주차되어 있는 은빛 중형차 뒤에 숨어 부반장을 관찰했다. 누군가 쉬는 시간에 장난삼아 뽑아 버린 모양인지, 해바라기가 바닥에 잔뜩 흩어져 있었다. 부반장은 함부로 꺾인 해바라기를 다시 심고 있는 거였다.

교정에 피어 있는 갖가지 꽃들은 학생들의 손 아래 함부로 뽑힐 때가 많았고 그날의 희생

양은 노란 해바라기였다. 저걸 다시 심는다고 해서 한번 분질러진 꽃이 살아날 리 없었다. 싱싱한 기운이 돌고는 있지만 이미 죽은 꽃이나 마찬가지인데, 그 사실을 부반장도 모르지 않을 텐데 왜 저렇게까지 하는 건지 알 수 없었다.

걸음을 멈출 정도로 솟아오르던 의문은 금방 꺾여 버렸다. 손목시계를 확인하니 이제는 정말 과외 수업 시간까지 빠듯해진 탓이었다. 더는 한눈팔 시간이 없었다. 별난 아이라고 생각하며 나는 몸을 일으켰다.

말을 걸 생각은 처음부터 없었다. 우리는 대화를 나눠 봤자 단답형으로 끝날 게 뻔한 사이였으니까. 괜히 어색한 말줄임표와 쉼표 같은

것만 난무할 이야기를 교실 밖에서 나누고 싶
지는 않았다. 가깝지도 멀지도 않은 관계라는
생각에 그대로 지나치려던 그 순간, 부반장의
목소리가 날아와 내 귀에 고인 건 정말이지 장
난 같은 일이었다.

"다시 살아."

나는 걸음을 멈추고 살며시 돌아보았다.

부반장은 여전히 해바라기를 보고 있었다.
방금 그 말은 꽃에게 건넨 말일까. 조용한 저
아이가 지금 사람 아닌 해바라기한테 말을 건
것인가. 그것도 마음에 꼭 남을 만큼 이상하고
아름다운 말을.

다시 살라는 부반장의 말에, 해바라기가 정
말 다시 살아날 것만 같아서 눈을 가느스름히

뜨고 지켜보았다. 머리 위에 둥둥 떠 있던 구름이 바람에 저만치 밀려날 정도의 시간이 흐를 만큼. 그러나 줄기 한가운데가 부러진 해바라기가 도로 화단에 뿌리 내리는 마법 따위는 일어나지 않았다.

하지만 조금 전의 그건 뭐였을까. 나는 가슴에 손을 올렸다. 손끝으로 전해지는 심장 박동이 오늘따라 유난했다. 그 찰나의 순간은 도대체 뭐였지. 어째서 저 애의 목소리가 몇 번이고 내 안에서 들리는 건지 알 수 없었다. 낮지만 다정하던 부반장의 목소리가 떠나가질 않았다.

교실이나 음악실, 운동장에서는 한 번도 본적 없는 부반장의 조그만 미소가 나를 내버려

두지 않고 있었다. 마법은 나에게 일어난 거였다.

"저기……."

천천히 일어선 부반장은 발치에 내려 뒀던 가방을 어깨에 메더니 그대로 나를 지나쳤다. 멍하니 서 있는 나를 한번 쳐다보고는, 안녕이라든가 여태 집에 안 가고 뭐 해 같은 말도 건네지 않고 저 혼자 교문을 통과해 버린 것이다. 내가 가진 존재감을 이만큼 외면당한 일은 처음이어서 단숨에 얼굴이 뜨거워졌다.

화단 쪽에 덩그러니 남은 나는 방금 또 무슨 일이 일어난 건가, 이게 다 무슨 일이야, 중얼거렸다. 바람을 일으키며 멀어진 부반장 때문에 혼란스러웠다.

눈이 마주쳤는데, 우리의 시선이 분명히 똑바로 교차했는데 어째서 모르는 척한 걸까. 나랑은 말조차 섞기 싫은 걸까. 설마 나도 모르는 사이 저 애에게 미움받은 적 있었나.

집까지 터벅터벅 걸어가는 동안 별의별 생각이 다 들었다. 자존심이 상했지만 며칠 후 다시 화단에서 강아지풀에 물을 주는 부반장을 발견했을 때 나는 거의 사랑을 느끼고 말았다.

첫사랑이었다.

그날부터였다. 고개를 돌리기만 하면 기다렸다는 듯이 부반장이 눈에 들어왔다. 누군가를 한번 마음에 들이면 모든 감각 기관이 그 사람에게로 쏠리는 건지도 모른다. 어디에서 든지 그 애를 잘 발견할 수 있었다. 그럴 때면 부반장을 곳곳에서 발견하는 일이 내 몫으로 주어진 운명 같아서 가슴이 두근거렸고, 나는 이 낯선 증상이 기쁘면서도 어쩐지 조금 아팠다.

그건 크고 작은 돌멩이들 위를 맨발로 걷는 것처럼 전신으로 퍼지는 통증이기도 했고, 어떤 날에는 종이에 스치기만 했는데 길쭉하게 베이고 만 손가락처럼 쓰라렸다. 거의 모든 범위의 통각점을 가진 감정의 이름이 하필 첫사랑이었기 때문에, 내 기분은 부반장의 것이나 마찬가지였다. 그날 이후 그 애는 존재만으로 내가 가진 감정에 관여하며 나를 두근거리거나 초조하게 만들었으니까.

수업 중에도 쉬는 시간에도 언제나 부반장을 살피게 됐다. 칠판 앞에 나가서 능숙하게 수학 문제를 푸는 부반장을, 자리에서 일어나 국어 교과서 속 문장을 조곤조곤 읽는 부반장을, 담임의 심부름으로 가정통신문을 나눠 주는 부반장을 바라보는 게 나의 일이 된 것이다. 하나, 둘, 셋, 지금부터 부반장을 보는 거야, 하고 의식하지 않아도 내 눈은 어느새 부반장을 좇고 있었다.

"도대체 누굴 보고 있는 거야?"

너 나랑 얘기하면서 어딜 보는 거냐고 짝꿍이 투덜거리면 재빨리 웃어넘기곤 했다. 짝꿍에게는 미안한 일이지만 어쩔 수 없었다. 자리에서 일어선 부반장이 어디로 가는지 살피는 일은 이제 본능이 되고 말았으니까.

이 난처한 관심을 자세히 설명할 수는 없어서 매번 애매하게 웃어넘길 수밖에 없었다. 부반장은 엄마에게조차 털어놓지 못한 비밀이었다.

매일매일 부반장의 새로운 모습을, 내가 미처 몰랐던 부반장을 깨달을 수 있었다. 원래 저렇게 피부가 하얗던가, 놀라는 날이 있는가 하면 부반장이 가진 텀블러가 보라색이란 사실과 그것이 어느 회사 건지도 시시콜콜 알게 됐다. 체육복을 한 치수 크게 입는 것과, 옆에서 바라보면 콧대가 무척 오뚝하다는 사실마저 새삼스럽게 다가왔다.

등교하면서도 수많은 교복 무리에서 부반

장의 뒤통수를 한눈에 찾을 수 있었다. 부반장을 찾는 건 전혀 어렵지 않았다. 음악실로 이동할 때는 몇 걸음 앞에서 휘적휘적 걸어가는 모습을 빠르게 포착해 냈고, 수업 시간에는 잠깐 스트레칭을 하면서 옆 분단에 앉아 있는 그 애가 지금 뭘 하고 있는지 바라보기도 했다. 그럴 때 부반장은 보통 고개를 숙인 채 뭔가를 열심히 필기하고 있어서 가마가 잘 보였는데, 머리숱이 많은 편이라 두피가 드러나는 부분이 다른 애들보다 적다는 걸 알 수 있었다.

그리고 희미하게 느낄 수 있었다. 그 애도 나와 다르지 않다는 것을. 우리가 같은 종류의 애정을 키워 가는 사람이라는 것을.

아마 부반장도 알아차렸을 것이다. 그날 화

단에서 우리는 아무 말도 나누지 않았지만, 주고받은 거라곤 겨우 3초 정도의 시선 교환일 뿐이었지만, 한 사람의 가슴속에 어떤 마음이 갑자기 뿌리를 내리고 자라기 시작했다는 사실을. 줄기가 뻗어 나가더니 결국 꽃봉오리가 맺혔다는 것을. 이대로 가다가는 잭과 콩나무의 콩나무처럼 하늘까지 닿고 말 마음이라는 것을. 어쩌면 이 별에서 다른 별로 넘어갈 수도 있겠다 싶을 만큼, 날마다 무럭무럭 자라는 무형의 감정이 있다는 것을.

돌봐 주는 사람 없이도 저 혼자 잘만 자라는 잡초 같은 마음이었고, 내 일기장에는 그 애의 이름이 등장하는 페이지가 갈수록 많아졌다. 부반장을 바라보고 있다가 눈이 마주쳐서 황

급히 고개를 돌리거나, 멋쩍게 웃어 보인 날에
는 멍청이, 말을 걸어야지 바보야, 같은 말을
힘주어 적기도 했다. 그렇게 눈이 마주치는 날
이 자꾸 쌓여 갈 때였다.

"야."

나의 관심을, 제 쪽으로 줄곧 기울어져 있는
마음을 무시하던 부반장이 책가방을 챙기는
내게 다가왔다. 누가 가까이 오긴 했는데 그게
부반장이란 걸 몰랐던 나는 고개를 들자마자
오잇, 하는 이상한 소리를 내고 말았다.

"어, 왜?"

목을 가다듬으며 묻자 나보다 키가 큰 부반
장이 나를 잠자코 내려다보다가 입을 열었다.

"후문에서 봐. 잠깐."

그 말만 빵 조각처럼 흘린 부반장이 저 혼자 휘적휘적 교실을 나가 버렸다. 나는 그 애가 나간 뒷문을 오래 바라보다가 벌떡 일어났다. 기다리라는 말을 하기엔 너무 늦어 버려서 서둘러 달려 나가야 했는데 걸음이 빠른 부반장은 이미 1층에서 운동화로 갈아 신고 있었다.

실내화 가방에서 황급히 캔버스화를 꺼내 신는데 손이 조금 떨렸다. 곁에서 가만히 기다려 주는가 싶던 그 애가 다시 저 혼자 걸어갔다. 나는 아 잠깐만, 잠깐 기다려, 하고 중얼거리며 종종 쫓아갔다.

후문으로 향하는 길이 유난히 짧게 느껴졌다. 그 평범하던 길이 아름답다는 생각마저 들었다. 후문 쪽의 화단은 해바라기나 장미가 가

득한 정문과는 또 다른 분위기였는데, 막 피어
나기 시작한 보랏빛 꽃이 뒤섞여 있기 때문일
것이다.

그리고 부반장, 저 아이의 존재가 안경을 쓰
고 있는 내 두 눈에 세상을 밝게 꾸미는 렌즈
를 씌웠을 터다. 그러니 아무 생각 없이 걷곤
했던 길이 특별해 보이는 거겠지.

부반장이 걸음을 멈추고 돌아보았다. 할 말
이 있어 보이는 그 애의 얼굴을 마주 보며 나
는 떨리는 손을 교복 주머니에 감췄다. 안 그
랬다가는 흘러넘치는 긴장감을 순식간에 들키
고 말 테니까.

나는 침을 삼키며 눈동자를 굴리다가 다시
부반장을 보았다. 무슨 말을 하려고 나를 부른

걸까. 교실에서 하지 못할 말이라면 혹시…….

온 마음을 조여 오던 긴장감 대신 어떤 기대감이 퍼져 나가기 시작했다. 오 분도 채 되지 않은 시간이었지만 한 오백 년은 흐른 것 같았다. 부반장의 어딘지 모르게 차가운 듯한 눈빛 때문에 쉽사리 말이 나오지 않았고 나는 문득 서글퍼졌다.

사람을 어디까지 좋아할 수 있을까. 그 끝이란 게 있기는 할까. 어쩌면 제대로 알지도 못하는 너를 나는 어째서 이만큼이나 좋아할까. 이 마음은 장난도 농담도 아니고 다만 진심인데 이걸 고스란히 털어놔도 될까. 털어놨다가 거절이라도 당하면 쇼크사로 죽을지도 모르는데 이를 어쩌나.

그래도 한편으로는 후회하지 않을 각오가 섰다. 기대하지 말아야지. 지금 이 순간을 돌이켜봤을 때 후회하지 않도록 나를 꺼내 보여야지. 잠시 후 이 녀석에게 무슨 말을 듣더라도 절대 속상해하지 말아야지.

한참을 고민하다가 부반장, 하고 불렀지만 들려오는 대답은 없었다. 나는 두 눈을 오래 감았다 떴다.

"부반장."

그리고 용기 내어 다시 말을 이었다.

"너를, 너를 좋아하는데……."

"알아."

부반장이 말했다.

"알고 있어."

안다고?

나는 입만 벙긋거렸다. 머릿속에서 탬버린과 캐스터네츠가 짤랑짤랑 흔들리는 소리가 났다. 아주 소란스럽다가 곧 머쓱할 만큼 고요해졌다. 고백하는 건 생각보다 허무한 일이구나. 마음속에서 오래 굴렸던 마음이 부반장에게 닿지 않고 그냥 팅겨 나간 것만 같아서 얼떨떨했다.

"어떻게 알았어?"

"티 나던데."

"티가 났다고?"

"엄청."

지금 무슨 말을 들은 거지?

부반장은 그 말을 끝으로 다시 침묵했다. 무

슨 말이라도 해 주길 바랐는데 아무 말도 하지 않고 잠자코 서 있기만 했다. 약간 부담스러울 만큼 물끄러미 바라보는 통에 나는 괜히 발치만 내려다봐야 했다.

너는 나 어때, 너 나를 어떻게 생각하느냐고 물으려 할 때였다.

"조용히 해."

부반장이 드디어 입을 열었다. 이상한 건 내가 직전에 아무 말도 하지 않았다는 사실이다.

"어?"

"조용히 하라고."

부반장이 제 입가에 검지를 대며 다시금 말했다. 내 시끄러운 속마음을 들은 건 아닐 텐데 어째서 조용히 하라고 한 건가. 어리둥절한

내 마음을 아는지 모르는지 부반장은 화단 쪽으로 무심히 턱짓을 해 보였다.

"꽃 핀다."

그 애의 말에 나는 할 말을 잃고 화단에 핀 꽃을 바라볼 수밖에 없었다.

꽃이 핀다고? 지금?

물어보려 했지만 부반장의 입가에 어린 미소를 보고 있자니, 첫눈에 인상 깊었던 그 옅은 웃음을 다시 보고 있자니 쉽사리 입이 떨어지질 않았다. 저 미소를 지금 깨 버리면 안 될 것 같아서 나는 어색하게 "꽃이 피는구만." 하고 영감처럼 속삭이고 말았다. 거기 화단에도 꽃이 피고 여기 내 속에도 방금 꽃이 한 무더기 피어났는데 부반장 너는 아느냐고 묻고 싶은 걸 참으며.

"무슨 꽃이 피고 있는데?"

나는 그렇게 물었고,

"마리골드."

부반장이 말해 준 꽃의 이름은 낯설었지만 나는 그 이름을 잊지 않으려고 속으로 마리골드, 하고 중얼거렸다.

"마리실버란 꽃은 없나?"

떨리는 목소리로 더듬더듬 농담을 건넸을 때 그 애는 눈을 잠깐 크게 떠 보였을 뿐 별다른 대꾸는 하지 않았다. 우리는 나란히 서서 마리골드의 주홍빛 꽃잎을 지켜보았다. 그러는 동안 해가 졌다.

마음을 다 드러내 보였지만 아무런 일도 일어나지 않았다. 쉽고도 어려운 고백을 한 그날 저녁 나는 엄마 아빠의 고깃집에서 폭식했다. 밑반찬으로 나온 간장게장을 인정사정없이 씹어 먹었다. 아삭이 고추는 고추장도 없이 다섯 개를 내리 먹었고 밥 한 공기에 된장찌개, 물냉면까지 싹싹 비웠다. 배가 불렀지만 허기가 졌다. 먹는 행위로 채워질 수 없는 공허함인데도 젓가락질을 멈추지 않았다.

　너를 좋아한다고 말했지만 그에 대한 어떠한 대답도 듣지 못하고 돌아왔고, 그건 대놓고 차이는 것보다 더욱 최악이었다. 내가 그렇게 별로인가. 아니 걔 그렇게 안 봤는데 사람 말고 식물한테나 친절한 애잖아. 그런 애한테

28

빠지다니, 이 마음을 어떻게 정리한담. 게다가 신경 쓰이는 일이 또 있었다. 만약 어디 가서 내가 고백했다고 소문이라도 내면……. 이거 큰일이었다.

어쩔 수 없이 생각이 많아졌다. 내일이 오지 않았으면 좋겠다는 생각마저 들었고 새로운 고민이 또 다른 고민을 연이어 불러오는 바람에 괴로워졌다. 너무하다고, 그 녀석 진짜 너무 가혹하다고 생각하면서도 한적한 후문, 화단 앞에 함께 서 있던 순간을 오랫동안 잊지 못할 것 같은 예감이 들어 머리가 아파 왔다.

대학생으로 보이는 언니, 오빠 들은 혼자서 볼이 미어질 정도로 먹고 또 먹는 중학생이 신기했던 모양인지 한 번씩 쳐다보며 소곤거렸다. 어디 마음껏 쳐다보라지. 실연당했는데도 서럽게 두근거리는 중3을 어디 한번 구경해 보라지. 괜한 반항심에 그쪽 테이블을 보며 사이다를 원샷했다. 트림이 나왔지만 속은 여전히 불편했다.

평소보다 많은 양을 급히 먹은 탓에 결국 다음 날 탈이 나고 말았고, 나는 이것이 단순 소화불량이 아니라 상사병에서 비롯된 증상이라는 것을 알았다. 좋아한다고 말했으나 그 어떤 대답도 듣지 못한 상황은 아주 오랫동안 나를 힘들게 할 터였다. 남산 위에 저 소나무처럼 철갑을 두른 듯 변함없는 기억으로 남을 게 뻔했다.

"차라리 보건실에 다녀오는 게 좋겠다."

수업 시간에 잠깐 엎드려 있어도 되냐고 묻자 국어 선생이 걱정스러운 눈빛으로 말했다. 나는 그 말을 듣자마자 그만 눈물이 고이고 말았는데 다행히 울지는 않았다. 애들 앞에서, 그것도 부반장이 보는 앞에서 울 수는 없었다.

자리에서 일어나 사물함 쪽으로 걸어가는데 등 뒤로 몇 개의 눈길이 따라붙는 게 느껴졌다. 그중에 부반장의 것도 있다는 걸 알았지만 나는 그 애를 한 번도 쳐다보지 않고 교실을 나왔다.

고요한 복도를 혼자 걸어가면서는 괜히 코를 훌쩍였다. 아프지 않아, 하나도 아프지 않다, 주문을 걸듯 되뇌어 봤지만 그다지 효과가 없었고 보건실에 들어서자마자 구역질이 올라

오는 바람에 화장실로 뛰어가야 했다. 요란하게 속을 게워 내고 나니 이번에는 두통이 심해졌다.

"괜찮아질 거야."

소화제를 먹고 침대에 누워 있던 나는 보건 선생이 배에 찜질팩을 대 주며 건넨 말을 듣고 입술을 깨물었다. 많이 아프니, 당황하며 묻는 말에 나는 많이 아프다고, 영원히 아플 것 같다고 웅얼거렸다. 정말 그럴 것 같았다.

괜찮아질 수 있을까. 언제쯤 아무렇지 않아질 수 있을까. 계속 생각해 봤지만 알 수 없었다. 앞으로 괜찮아지긴 할지, 차차 시간이 지나면 없던 일처럼 될 수 있을지. 나이를 먹고 어른이 되어도 지금 이 순간은 도드라진 흉터로 남아 나를 틈틈이 괴롭게 할 게 분명하다고 확신했다.

부반장은 나를 좋아하지 않는다.

아마도.

쉬는 시간, 옆에 누가 다가와 섰다.

이번에는 바로 알아차렸다. 부반장이었다. 나는 일부러 고개를 들지 않고 문제집을 푸는 척했다. 샤프를 쥔 손에 힘이 잔뜩 들어갔다. 집중이 하나도 되지 않아서 똑같은 문제의 지문을 반복해 읽으며 부반장이 어서 제자리로 가 주길 바랄 때였다.

톡톡.

가만히 서 있던 부반장이 별안간 책상 위를

손가락으로 두드렸다.

"왜?"

목소리가 퉁명스레 나갔지만 미안하지 않았다. 미안해하지 않을 거야, 그런 다짐을 하며 천천히 고개를 들자 약간 마른 듯한 부반장의 얼굴이 보였다. 그 애가 생각했던 것보다 훨씬 더 가까이 상체를 기울이고 있어서 귓불이 뜨거워졌다. 나는 속으로 아아아아아아아, 비명을 질렀다. 마음의 준비 할 틈은 좀 주고 다가올 것이지. 너무 가까웠다.

"잠깐 얘기 좀 하자."

"할 말 없는데?"

"할 말 있잖아."

"……없는데?"

"나와 봐. 잠깐만."

단단히 무장해서 거절했지만 부반장에게는
통하지 않았다.

그날의 고백을, 내 의지와는 상관없이 한 방
향으로 자라기 시작한 이 해바라기 마음을 지
울 수 없다는 사실이 오늘도 날 힘들게 하는
데, 무슨 말을 해. 너는 뒤늦게 무슨 말을 할 작
정인데. 절대 싫다고 말하려고 했는데 부반장
이 먼저 교실을 나가 버렸다.

나쁜 계집애. 이래서는 그날과 똑같잖아.

망설이던 나는 뒷목을 긁적이며 부반장을
쫓아 복도 끝으로 걸어갔다. 쉬는 시간이 거의
끝나 가서 그런지 계단 쪽은 오가는 애들 없이
조용했다. 발끝만 보고 있는데 부반장이 입을

열었다.

"미안해."

"사과가 너무 늦은 거 아냐?"

비딱하게 웃는 나를 보며 부반장은 잠깐 할
말을 고르는 듯했다.

"늦어서 미안해."

"뭐가 미안한데?"

나는 팔짱을 끼며 괜히 무게를 잡았다. 나를
둘러싼 공기가 어색함을 뒤집어쓰고 팽팽해지
는 걸 느꼈다. 제발 얼굴만은 빨개지지 않기를
바랐지만 이미 늦은 것 같다. 어째서 나 혼자
만 허둥지둥하는 걸까. 또다시 서글퍼지려는
데 부반장이 말을 이었다.

"전부 다."

"전부, 어떤 거? 나 무시한 거?"

"무시한 거 아니야."

"계속 못 본 척하고 말 돌린 거?"

"일부러 그런 거 아니야. 절대."

이제야 미안한 거냐고, 너 그거 진심이냐고 따지려다가 말을 삼켰다. 그러고는 줄곧 걱정했던 질문을 꺼냈다.

"소문낼 거야?"

"어?"

"내가 너한테…… 고백한 거 소문낼 거냐고."

부반장은, 어쩌면 내가 짐작했던 아이가 아닐 수도 있다는 염려가 나를 집어삼키기 시작할 때였다.

"나도."

부반장이 눈썹을 찡그리며 말했다.

"나도 너 좋아하는 것 같아."

눈치 없이 종이 울렸다. 수업이 시작됐는데도 우리는 교실로 돌아가지 않았다. 움직일 수 없었다. 부반장도 나도 그 자리에 가만히 선 채 서로의 눈만 바라보았다. 두 눈 안에 서린 마음을 끝까지 캐내려는 듯이.

"뭐라고?"

부반장이 먼저 시선을 피하며 돌아섰다.

"부반장."

나는 그 애를 서둘러 따라갔다.

"다시 말해 봐."

교실로 돌아가는 내내 나는 재킷 앞부분을

부여잡아야 했다. 가슴 안에 대형 스피커가 최대 음량으로 켜져 있는 것 같았다. 가장 커다란 소리로 울려 퍼지는 그것은 틀림없이 사랑 노래였다.

"방금 뭐라고 했어?"

"들었잖아."

"진심이야? 너 진심이야?"

"진심이야."

"야……."

멍하니 멈춰 섰던 나는 그 애를 따라잡으려고 넓은 보폭으로 걸음을 옮겼다.

"또 말해 주면 안 돼?"

조금 전에 들었던 그 놀라운 말을 다시금 말해 주기를 졸라 봤으나 부반장은 조용히 하라

고만 했다. 그날처럼. 여기는 개화할 만한 꽃
망울 하나 없는 복도인데. 부반장이 좋아하는
꽃 따위가 심긴 화단이 아니라 우리 둘이 걷고
있는 길고 좁은 복도인데도.

"정말이지? 장난치는 거 아니지?"

그렇게 물었을 때서야 부반장은 아니라고,
장난으로 한 말이 절대 아니라고 단호히 말하
고는 교실로 들어가 버렸다. 뒷문으로 먼저 들
어가는 그 애의 입가에 미소가 걸려 있었다.

나는 입술을 매만지며 자리에 앉았다. 책을
펴는데 웃음이 실실 새어 나왔다. 웃으면서도
웃고 싶다는 생각이 들었다. 내 안에서 뭔가
만개하는 걸 느낄 수 있었다. 방금 어떤 꽃이
활짝 다 핀 것이다. 마리골드보다 더 환한 빛

깔을 가진 꽃이.

그 꽃이 풍기는 향기의 이름을 찾기란 영영 어려울 테지만, 어렴풋하게나마 설명하자면 그것은 산 정상에 올라 외치는 '야호'보다 힘차게 퍼져 나가는 파급력을 가졌으며, 과일향이 다량 첨가된 젤리의 이름처럼 달콤할 터였다.

그리고 연애가 시작되었다.

부반장과 나는 비밀스럽게 서로를 그리워하고 좋아했다. 교실에서 손을 잡고 싶어지면 우리는 하이파이브를 했다. 집에 갈 땐 학교 근처 아파트 단지에 있는 문구점에 들러서 혓바닥이 파래지거나 빨개지는 불량 식품을 사 먹었다. 환타 오렌지맛 슬러시나 컵떡볶이를 먹으면서 만화책을 빌려 읽기도 했다.

부반장은 만화를 즐겨 본다고 했는데, 특히 스포츠물이나 액션 모험물을 좋아한다고 말했다. 만화 덕분에 야구와 농구, 배구가 좋아졌다고 알려 줬고 나는 사랑하는 마음을 주로 다루는 순정 만화를 좀 더 선호하는 편이었지만 그 애가 좋아하는 스포츠나 액션 만화를 같이 읽다 보니 점점 취향이 넓어졌다. 내가 땀 냄새 나는 승부사를 좋아하게 됐듯이 부반장도 순정 만화가 좋아졌다고 했으니 이제 우리는 내면이 닮은 사람이 된 것이다.

"너랑 이렇게 친해질 줄 몰랐어."

우리의 관계가 신기해지는 순간이면 그렇게 중얼거렸고 그러면 부반장 역시 고개를 끄덕

이곤 했다.

"나도. 우리 너무 다르잖아."

"맞아. 정반대라고 생각했는데."

"나랑 완전 다른 사람한테도 끌리는 건가 봐. 다 알면서도 당겨지나 봐."

반대가 끌리는 이유에 대해서는 우리 둘 다 아는 바가 없었지만 이거 하나는 확실했다. 나는 부반장이 부반장이라서 좋아하는 거였다. 그 애가 나를 좋아하는 것 역시 마찬가지일 테다.

우리는 매일 서로를 알아 갔다. 부반장은 화창한 날씨보다 안개 낀 날이나 비 오는 날을 좋아했다. 그 애는 내가 생각했던 것보다 훨씬 더 과묵하고 수줍음을 타는 성격이었고 매운

음식은 잘 못 먹었으며, 제일 좋아하는 영화 캐릭터는 캡틴마블 그리고 혈액형은 A형이었다. 남동생이 한 명 있으며 부모님은 모두 직장에 다니신다. 할머니가 일찍 돌아가시는 바람에 초등학생 때 이미 장례식장에 갔던 경험이 있는 부반장은 우리가 지금도 죽는 중이라는 사실을 생각하면 가끔 무섭다고 했다. 무서우니 삼시 세끼를 거르지 말고 비타민과 종합 영양제를 잘 챙겨 먹으라고 걱정 많은 얼굴로 말하곤 했다. 하늘색을 좋아하고, 임산부석에 앉아 있는 남자들을 싫어한다. 오이는 맛있다고 생각하지만 당근은 향조차 꺼리는 아이였다.

"또 뭘 좋아해?"

함께 도서관에서 공부하다가, 실은 공부보

다 도서관 앞 벤치에 앉아 자판기 율무차를 손에 쥔 채 떠들다가 집으로 돌아가는 밤이면 나는 부반장의 팔꿈치를 잡고 자꾸 물었다. 그러면 부반장은 오늘은 뭘 알려 줄까, 고민하면서도 금방 새로운 취향을 말해 주곤 했다.

"너는 뭘 좋아하는데?"

그리고 부반장이 내게 물을 때면 나는 그 애가 궁금해하지 않을 듯한 것까지 술술 늘어놓았다.

"궁금해?"

"궁금해."

"나는 말이지."

얼마 전부터 길고양이를 좋아해. 처음엔 무서웠는데, 길에서 마주치면 막 비명을 지르면서 도망치곤 했는데 이젠 하나도 안 무서워. 무섭지 않고 그냥 귀여워. 걔네들이 잘 살았으면 좋겠어. 삼색 무늬 고양이가 제일 멋진 것 같고 그래.

그렇게 말하는 나를 물끄러미 바라보며 웃어 주는 부반장이 좋아서 나는 끊임없이 나에 대해 털어놓았다.

"나 말이 너무 많나?"

어느 날엔가 무심코 떠들다가 묻자 부반장은 고개를 저었다.

"더 얘기해 줘. 괜찮으니까."

"아직도 나한테 궁금한 거 있어?"

"응. 계속 궁금할걸."

그렇게 말해 주는 그 애 덕분에 나는 마음

놓고 나를 자랑하거나 자책할 수 있었다. 단 한 사람을 위한 연설자가 되는 날이 있는가 하면, 곁에서 조용히 걷기만 하는 우울한 산책자가 되기도 했다.

거리낌 없이 나를 내보여 줘도 밀어내거나 외면하는 일 없이 손을 잡아 주는 부반장이 귀중했고 그 애도 나를 언제나 궁금해해 줬으면 하는 마음이 날마다 커졌다. 상하좌우로 부피를 키워 나가는 이 마음을 그 애가 부디 부담스러워하지 않길 바랐는데…….

언제까지나 확장될 줄 알았던 애정을 멈추게 한 건 2학기 중간고사를 앞두고 부반장이 꺼낸 말 한마디였다.

"있잖아."

집에 가던 길이었다. 부반장이 아파트 단지 안에 있는 느티나무 아래에 멈춰 서더니 불쑥 말했다. 우리가 여기서 멈추면 어떻겠냐고.

"뭐라고?"

"다 들었으면서."

곤란해하는 표정을 읽으며 나는 입을 다물었다. 잘못 들은 게 아니었다. 그건 어떤 확고한 결심을 담은 선전포고였고 한 삼 초 후에 바보, 그 말을 믿냐, 하면서 주워 담을 수 있는 농담이 될 수 없는 말이었다.

"그만 만나자고?"

"응."

"헤어지자고?"

"응."

나는 왜 그러느냐고 보채고 싶은 걸 참으며 부반장의 눈을 응시했다. 거짓말을 하는 눈이 아니다. 흔들리는 눈빛이 거기 있었다. 망설임과 미안함으로 덧칠된 두려움이 보였다. 무엇이 두려운지 잘 알고 있었으므로 나는 부반장을 원망하는 대신 한숨을 쉬었다.

"나 지금 울고 싶어. 너무 울고 싶다."

내가 그렇게 말하자 부반장은 그럼 울어야지, 하고 울기를 권했다. 너무 참으면 그거 다 병이 된다고, 화병으로 치환되는 감정이 있고 우울증이 되고 마는 감정도 있으니 울고 싶을 때 웬만하면 잠깐이라도 눈물을 글썽거려 줘야 한다는 거였다.

그 말을 들으니 나는 지금 울고 싶은 걸 참

으면 안 되겠다는 생각이 확실하게 들었다. 그래서 본격적으로 울기 전에 부반장에게 부탁했다.

"그럼 지금부터 울 테니까 어깨 좀 빌려줘."

"어깨?"

"응. 좀 기대고 싶은데."

"안 돼."

"어?"

"그럴 수 없다고. 그래선 안 되고."

부반장은 그건 안 된다며 고개를 저었다. 생각보다 매몰찬 반응에 나는 거의 분노했다.

"왜? 너 왜 그렇게 매정해?"

"그래야 끝낼 수 있으니까."

부반장이 말했다.

"그리고 한번 어깨가 젖으면 영원히 남게 되니까."

"그게 뭔 말이야."

"만약 내가 너한테 지금 어깨를 빌려줬다고 쳐."

혼란스러워하는 나와는 달리 금세 평정심을 찾은 그 애가 생각해 봐, 하면서 또박또박 설명했다.

"여기가 눈물로 축축해지기라도 하면, 이제 난 비를 맞아서 어깨가 젖기만 해도 너를 생각해야 된다고."

"그런 건가?"

"그런 거지."

나는 당연한 거 아니냐는 얼굴로 말을 잇는

부반장을 멀거니 보았다. 그 애가 어쩔 수 없다는 듯 어깨를 으쓱해 보였다.

"그러다가 장마철이라도 되면 난처해질 거고."

"우산 없는데 소나기라도 내리면……."

"그땐 뭐 비 그칠 때까지 네 생각 하겠지."

"……진짜?"

"응."

그럼 나로서는 좋은 일이다. 애틋하고 아주 좋은 일인데. 나는 속마음을 굳이 꺼내 보여 주지 않고 더는 부반장에게 어깨를 빌려 달라는 요구를 하지 않았다.

"좋아해."

대신 은근슬쩍 화제를 돌렸다. 지금 우리의

상황을 어떻게든 삭제하고 싶었으므로.

"많이 좋아해. 앞으로 더 좋아할 수 있을 것 같은데."

"안 돼."

"내가 여자여서?"

"내가 여자여서."

우리는 말 없이 걷기 시작했다.

모두에게 비밀로 한 연애는 언젠가 공개해야 할 때가 올 터였다. 그때가 되면 우리는 지금처럼 마냥 웃거나, 울더라도 잠깐만 울고 다시 환하게 웃는 연애를 할 수 없을지도 모른다.

손을 잡고 걷는 우리를, 깍지 낀 우리의 손을 이상하게 보는 사람이 점점 늘 거라는 걸 나도 알고 부반장도 알고 있었다. 어쩌면 누군가는 우리 사이를 벌써 눈치챘을 수도 있다.

부반장은 언제부턴가 짝꿍이 자신을 볼 때, 함께 화장실에 다녀오는 우리를 보는 그 눈빛에 이전과 다른 경멸이 미미하게 스며 있는 것 같다고 말한 적 있었다.

"기적 같았는데."

나는 부반장의 팔꿈치를 잡고 중얼거렸다.

"네가 나를 좋아해 줬잖아. 내가 너를 좋아하고."

"그런 기적은 언제든 생겨."

그러니 너무 걱정하지 않아도 된다고 그 애가 말했다.

네가 좋아하는 사람이 너를 좋아하는 일이 이번 한 번뿐일 리 없잖아. 그럴 리 있겠냐. 아

무렵, 내가 좋아하는 넌데. 나를 달래는 부드
러운 목소리를 들으면서도 좀처럼 기분이 나
아지지 않고 오히려 바닥 끝까지 침잠하기 시
작했다. 이대로 가라앉아 다시는 떠오를 수 없
을지도 몰랐다.

"다 괜찮아질걸."

그러나 부반장은 확신했다.

"나는 왜 이렇게 아무것도 아닌 사람일까.
걱정하는 나이가 되면, 졸업하고 어른이 되면,
시간만 좀 지나면……."

"뭐야."

그 말에 동의할 수 없어서 허탈하게 웃어 버
렸다.

"넌 그럴 수 있겠지만 난 아냐."

시간이 흐르면, 그러니까 그 애의 말대로 우리가 어른이 되면 그땐 사랑도 사소해지고 지금 우리를 정통으로 찌르는 이런 감정 같은 건 다 시시해질 수 있을지도 모른다.

하지만 어떻게 확신할 수 있단 말인가. 바로 지금 더없이 깊은 나의 마음과 부반장의 덤덤한 눈빛 같은 것이 어떻게 아무렇지 않아진단 말인가. 코팅되어 구겨지지 않은 채 평생 보존될 기억이 틀림없는데.

부반장은 우리가 지금의 슬픔에서 멀어질 수 있을 테니 너무 걱정하지 말라고 했지만 도무지 와닿지 않았다.

"거짓말하지 마."

"뭐?"

나는 처음으로 부반장에게 큰 소리를 냈다.
놀란 그 애를 똑바로 응시하며 나는 그게 아니
라고, 네가 지금 한 말은 다 핑계라고 화를 내
고 말았다.

"너 지금 완전 비겁한 거 알아?"

"알아."

아무것도 아닌 시시한 어른이 되더라도, 아
무것도 아닌 사람으로 자라서 어느 순간 머리
를 감싸며 괴롭다고 외치는 날이 오더라도 지
금 우리가 겪는 애틋함은 전혀 시시해지지 않
을 터였다. 하찮아질 리 없었다. 내가 좋아하
는 사람이 나를 좋아해 주는 기적도, 이만큼
내가 마음 놓고 열렬히 좋아할 수 있는 사람도
다시는 만나지 못할 것 같았다.

하지만 그렇다고 해서 부반장에게 나를 좋아하는 일을 멈추지 말아 달라고 부탁할 수는 없었다. 그건 부탁이라는 허울을 쓴 강요나 마찬가지라는 것을 잘 알았다. 나는 숨을 고르고 말했다.

"시간이 지나도 네가 좋으면, 너 만나러 갈래."

"그래."

"너 다니는 고등학교 앞으로 갈래. 너희 집에도 찾아가 볼 거야."

"응."

"대학생 되면, 그때도 만나러 갈 거야."

"응."

부반장은 차분한 얼굴로 그렇게 말했다.

"와 줘. 꼭."

"만나 줄 거야?"

"그래."

나도 부반장도 울지 않았다. 이상하게도 기분이 금방 차분해졌다. 우리는 울고 싶은 얼굴을 한 채 끝끝내 울지 않고 마지막으로 악수했다. 처음 하는 이별이었다.

이런 날이 올 거란 걸 어쩔 수 없이 예상했을 땐 바닥에 주저앉아 울 줄 알았는데 눈물이 나오지 않았다. 코앞으로 다가온 입시와, 조금씩 늘어나고 있던 집요하고 궁금증 어린 시선들 앞에서 조금쯤 냉정해지기로 마음먹었다. 자라는 일에 우선 열중해 보기로 하고는 정중히 헤어졌다.

거리를 두는 건 쉽지 않았지만 부반장에게
는 쉬워 보이는 날이 많았다. 쟤는 뭐가 저렇
게 쉬운 걸까. 어떻게 금방 괜찮아질 수 있지.
원망과 그리움은 같은 속도로 자랐고 그것이
참을 수 없을 만큼 짜증 나는 날이면 엄마 아
빠의 식당에 자리 잡고 앉아 홀로 과식했다.
밥을 먹으면서 모르는 사이 훌쩍이곤 했고, 그
러면 엄마는 무슨 일이냐고 묻는 대신 사이다
한 병을 갖다주었다.

엄마가 따라 준 사이다의 기포를 보면서도,
그 투명한 거품 속에서도 부반장의 동그란 눈
이라든가 얼굴을 떠올리고 말아서 코끝이 찡
해질 때가 많았지만 전화하거나 문자를 보내
지 않았다. 부반장 역시 단단히 마음을 여몄는

지 단 한 번도 내게 연락하지 않았다. 그제야 나는 실감할 수 있었다. 우리가 다시 교차할 리 없는 평행선이 되어 멀어지고 있다는 것을.

졸업식 날에는 함께 사진을 찍었다. 전날 밤 내린 함박눈으로 환해진 학교를 둘러보며 부반장과 지나온 시간과, 앞으로 그 애 없이 지나갈 시간을 묵묵히 생각했다.

"같이 사진 찍자."

강당에서 꽃다발을 든 부반장이 다가와 말을 걸었을 때 나는 웃었던가, 눈썹을 좀 찡그렸던가. 아마 둘 다였던 것 같다.

부반장의 아빠가 두 번, 우리 엄마가 세 번. 우리 둘은 차례대로 카메라 앞에 서서 어깨동

무를 하거나 팔짱을 꼈다. 셔터가 눌릴 때마다 우리는 환하게 웃었다. 각자 두꺼운 패딩과 코트를 입었지만 체온이 잘 전달됐다. 입김이 나올 정도로 추웠는데도 오랜만에 따뜻하다고 생각했다. 잘 지내라고 말하는 듯한 그 애의 눈빛을 보며 나는 씩 웃어 보일 수 있었다.

서로 다른 고등학교에 입학한 부반장과 나는 고등학생이 되고 나서도 점점 헤어졌다. 어떤 관계는 내내 헤어지는 중인 거다. 헤어짐의 끝이 보이지 않을 것 같다고 어렴풋이 느끼면서. 적어도 나는 그랬다. 부반장은 어떤지 짐작할 수 없었지만.

새 학기가 시작된 지 얼마 안 된 4월의 어느

날에는 우연히 육교 아래에서 마주쳤다.

"잠깐 걸을래?"

부반장이 물었고 나는 목덜미를 긁적이며 고개만 끄덕였다.

우리는 동네를 오랫동안 걸었다. 익숙한 아파트 단지를 한참 걸었고, 걷다가 놀이터 벤치에 앉아 쉬었다. 그렇게 밤이 깊어 가는 걸 지켜보다가 잘 자라는 말을 하고는 헤어졌는데, 그날 밤에는 새벽 세 시 넘어서까지도 잠이 오질 않았다. 잠들 수 없었다.

그 애는 잘 잤을까, 그날 눕자마자 바로 잠이 왔을까. 가끔 궁금했지만 부반장이라면, 그 미우면서 고운 녀석이라면 이불을 턱 밑까지 덮고 깊이 잠들었겠지.

그날 밤늦게 내리는 빗소리를 들으면서는 나도 모르게 소리 내어 웃어 버렸던 기억이 난다. 비 오잖아, 하면서 눈을 떴고 비가 오네, 하고 눈을 감았다. 어두운 방 안에 누워 있는데도 어깨가 젖는 기분이 들었다. 어깨에 기대우는 누가 없었는데도 그랬다.

그날 이후 부반장과 연락이 끊겨 버린 건 그 애만의 어떤 배려였을까. 고등 교과과정을 견디다가 마침내 수험생이 된 나는 일단 시험공부에 집중하려 했고, 등급이 쉽게 오르질 않아 골치 아프다가도 어떻게든 되겠지 하는 마음으로 버텨 냈다. 그 후 원하는 대학에 수시전형으로 합격한 날 부반장에게 전화를 걸었다가 몇 초 후 바로 끊어 버린 건 용기가 바닥났기 때문이었다.

그때 모두 소진되어 버린 용기가 지금이라고 해서 다시 생겨난 것 같지는 않다. 그 시절 우리를 통과했던 두려움이 아직까지 남아 툭툭 건드려 댔으니까.

스무 살이 된 지금, 우리의 열여섯을 떠올리면 나는 내가 가진 운을 부반장과의 만남에 몽땅 쏟은 것만 같아 기분이 묘해지곤 한다. 항아리에 담긴 내 행운을 그 시절에 아낌없이 부어 버린 것 같아서 허탈하기도 했다. 그때 다 썼구나, 다 써 버린 거야, 하고 자주 중얼거렸다. 어쩌면 평생 아껴 써야 할 운을 절반 넘게 소비했을 수도 있다.

아무래도 기적이 일어났으니까 말이다.

내가 좋아하는 사람이 나를 좋아하는.

중학교 졸업앨범을 들춰 볼 때면 어김없이 부반장을 생각했다. 다 꺾인 해바라기를 다시 심어 주던 부반장이, 꽃이 피고 있으니까 조용히 하라던 그 아이의 풋풋한 수줍음이 어제 일처럼 떠오르곤 했다. 그 애는 내가 가진 가장 복잡하고 심오한 비밀이었다.

어쩌면 그 당시에 보았던 그 애의 단단한 어깨를, 나와는 차원이 다른 무게감을 가진 어떤 두려움이 짓눌렀는지도 모른다. 겉으로 드러나지 않던 부반장의 걱정과 고민을 나는 다 읽어 내지 못했을 수도 있다. 그러니 먼저 물러

설 수밖에 없었던 거겠지. 비겁해질 수밖에 없었겠지.

그리고 나는 기억한다. 하나도 잊지 않고 있다. 시간이 지나도 좋아하는 마음이 남아 있으면 만나러 가겠다고 단단히 말해 둔 그 밤을. 여전히 나의 마음이 그때 그 장소에 머물러 있다면 꼭 찾아오라고 했던 부반장의 나지막한 목소리를.

— 부반장, 나야.

오랜만에 보낸 메시지의 처음은 단순했다. 여러 번 썼다가 지우기를 반복하다가 다만 그 한마디를 적어 전송하고 집을 나섰다.

밤바람이 불어온다. 부반장의 집이 보이는

놀이터 벤치에 앉아 있으려니 어쩔 수 없이 긴장이 됐다. 이토록 작정하고 그 애의 생활 반경에 들어온 건 무척 오랜만이었다. 아직도 여기에 살고 있을까. 어쩌면 이사를 갔을 수도 있고 멀리 지방에서 자취 생활을 시작했을 수도 있다. 지금 와서는 부반장을 만나도 좋고 만나지 못해도 괜찮다는 마음이 들었다. 오늘 하루 정도는 오지 않을 그 애를 한참 기다려 보는 것도 나쁘지 않다는 생각이 들었다.

　—나 너희 집 앞이야. 지금 벤치에 앉아 있는데.

　그 애의 연락을 기다렸지만 답장은 없었다. 나는 발 장난을 치거나 고개를 한껏 젖혀 하늘을 올려다보며 시간을 보냈다. 부반장을 기다리는 시간이, 우연히 마주칠 수 있는 행운을 기대하는 지금 이 시간이 희한하게도 지루하거나 초조하지 않았다.

이제 가야지, 이 정도면 많이 기다렸고 나는 역시 그때 행운을 다 써 버린 모양이야, 자조하며 일어날 때였다.

저기 막 뛰어오다가 우뚝 멈춰 선 이가 보였다. 그러다가 다시 이쪽으로 걸어오며 가까워지는 사람이 무척 낯익었다. 얼굴에 그림자가 드리워져 있어도 바로 알아볼 수 있었다.

나는 벤치에서 벌떡 일어났다. 조금씩 새어 나오던 웃음이 커져 간다. 그리고 내 안에서 어느 순간 자라는 일을 멈췄던 어떤 꽃이, 어쩌면 나무였던 그것이 다시금 하늘 위로 가지를 뻗어 나가는 게 느껴졌다.

나는 활짝 웃으며 이 웃음이 저 애에게 해바라기처럼 잘 보이길 바랐다. 힘차게 흔드는 손가락 사이로 바람이 지나갔다.

그날처럼 다시 꽃이 피는 기분이 들었다. 해바라기 아니면 마리골드. 나는 꽃이 피어나는 소리에 귀를 기울였다.

안녕하세요. 처음 뵙겠습니다. 어쩌면 우리는 구면일지도 모르겠네요. 손을 잡을 수는 없으니 여기 이곳에서 손을 흔들게요.

누군가를 좋아하는 마음이 끊이지 않던 십 대 시절을 통과한 저는 지금도 자주 사랑에 빠집니다. 그 대상이 사람일 때도 있고 아닐 때도 있는데, 제가 가진 사랑의 지분을 꽤 오랫동안 상당수 차지하고 있는 이는 함께 사는 고양이입니다. (네, 저희 집에 고양이 있어요!)

겁이 많은데도 때때로 용감하며, 말수가 적으나

자주 떼를 쓰는 반려묘를 좋아하고 그 애도 나를 좋아해 주는 것 같습니다.

사랑의 성질은 대체로 무해하며 그 형태가 어떻든 각각 쓸모 있다고 생각합니다. 가령 어떤 사랑은 사람을 살게 하기도 하니까요. 꼭 사랑이 아니더라도 누군가를 귀하게 여기고 염려하는 것이야말로 반드시 필요한 생존 조건이라고 오래 생각해 왔습니다. 힘이 많이 드는 일이지만 아끼는 분들에게 다정한 사람이고 싶어요.

용기 있고 정이 두터운 인물들을 그리고 싶었고 좋아하는 마음이 얼마나 힘이 센지, 그 마음이 혼자가 아닌 둘 이상의 것이 되면 얼마만큼 증폭되는지 놀라워하다가 '나'와 '부반장'의 로맨스를 지었습니다.

등장인물들에게 이름을 붙이지 않은 이유는 '나'의 이름이 찬희도 되고 유정도 되길 바랐기 때문입니다. '부반장'의 이름 역시 우찬이라든가 정은이 되어 가닿았길 바라요.

내가 좋아하는 사람이 나를 좋아할 때 겪는 온갖

기쁨과 애틋함에 집중해 쓰는 동안 즐거웠습니다. 가을에서 겨울로 건너가는 계절에 하나도 춥지 않았어요.

이 아이들의 사랑 이야기를 세심히 다듬어 주신 이은 편집자님과, 멋진 그림으로 이어 주신 예란 작가님께 커다란 하트를 보냅니다.

저는 이제 '나'와 '부반장'을 잘 배웅하겠습니다. 이 다음 이야기에서도 우리가 두 발 딛고 사는 세상엔 셀 수 없이 다양한 사랑이 있다는 걸 자꾸 말하고 싶습니다. 어떤 마음은 곁에 있어도 지워지곤 하니까요.

내가 좋아하는 사람이 나를 좋아하는 일은 아주 귀하며, 내가 나를 좋아하는 일 역시 그렇다는 것을 잘 압니다. 이 책을 펼쳐 주셔서 고맙습니다. 괜찮다면 나중에 또 뵙고 싶어요. 서로 좋아하는 마음이, 기적과 닮은 그 마음이 언제나 어렵지 않게 작용하길 응원합니다.

소설 쓰기를 계속할 수 있도록 격려해 주신 분들께 진심으로 고맙습니다. 저를 발견해 주셔서 홀로 쓰는 시간을 견디며 이어 갈 수 있었어요. 덕분에 오늘도 천천히 나아가고 있다고 안부를 전합니다. 멀리서도 잘 보이는 소설가가 되겠습니다.

그럼 다음에 뵐 때까지 안녕하시길 바랍니다!
이만 총총.

2021 여름
이필원

독고독락

내가 좋아하는 사람이 나를 좋아하는

2021년 7월 15일 1판 1쇄
2022년 5월 20일 1판 2쇄

글
이필원

그림
예란

편집
김태희 장슬기 이은 김아름 이효진

디자인
김효진

제작
박흥기

마케팅
이병규 양현범 이장열

홍보
조민희 강효원

인쇄
천일문화사

제책
J&D바인텍

펴낸이
강맑실

펴낸곳
(주)사계절출판사

등록
제406-2003-034호

주소
(우)10881 경기도 파주시 회동길 252

전화
031)955-8588, 8558

전송
마케팅부 031)955-8595, 편집부 031)955-8596

홈페이지
www.sakyejul.net

전자우편
literature@sakyejul.com

ⓒ 이필원 2021

값은 뒤표지에 적혀 있습니다. 잘못 만든 책은 구입하신 서점에서 바꾸어 드립니다.
사계절출판사는 성장의 의미를 생각합니다.
사계절출판사는 독자 여러분의 의견에 늘 귀 기울이고 있습니다.
이 책은 저작권법에 따라 보호받는 저작물이므로 무단전재와 복제를 금합니다.

ISBN 979 11-6094-738-0 44810
ISBN 979-11-6094-736-6 (세트)